KB035829

똥개의 복수

SEOUL, 2015

똥개의 복수

초판 제1쇄 발행일 2015년 6월 25일
초판 제10쇄 발행일 2022년 3월 20일
글 이상권 그림 김유대
발행인 박헌용, 윤호권 발행처 (주)시공사
주소 서울시 성동구 상원1길 22, 6-8층 (우편번호 04779)
대표전화 02-3486-6877 팩스(주문) 02-585-1247
홈페이지 www.sigongsa.com/www.sigongjunior.com

글 ⓒ 이상권, 2015 | 그림 ⓒ 김유대, 2015

이 책의 출판권은 (주)시공사에 있습니다. 저작권법에 의해
한국 내에서 보호받는 저작물이므로 무단 전재와 무단 복제를 금합니다.

ISBN 978-89-527-8144-4 74810
ISBN 978-89-527-5579-7 (세트)

*시공사는 시공간을 넘는 무한한 콘텐츠 세상을 만듭니다.
*시공사는 더 나은 내일을 함께 만들 여러분의 소중한 의견을 기다립니다.
*잘못 만들어진 책은 구입하신 곳에서 바꾸어 드립니다.

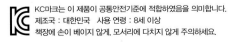

KC마크는 이 제품이 공통안전기준에 적합하였음을 의미합니다.
제조국 : 대한민국 사용 연령 : 8세 이상
책장에 손이 베이지 않게, 모서리에 다치지 않게 주의하세요.

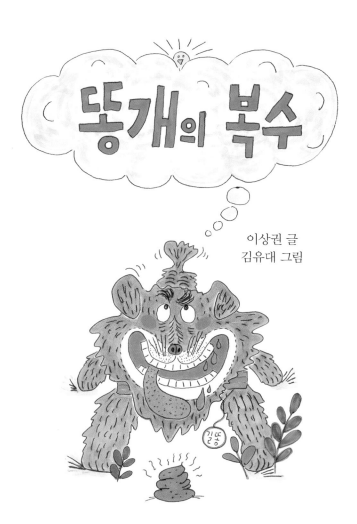

똥개의 복수

이상권 글
김유대 그림

시공주니어

내가 어떻게 복수했는지 궁금하지?

　나는 똥개 길똥이야. 똥개라는 말이 기분 나쁘지만 괜찮아. 소똥구리가 소똥을 좋아하듯이, 내가 사람 똥을 좋아하는 건 사실이니까. 나뿐만 아니라 많은 개들이 그래. 사람 똥은 우리 몸속으로 들어오면 건강한 효소로 변해서 소화를 도와주거든. 그래서 개들이 사람 똥을 좋아하는 거야.

　우리 개들은 사람을 참 좋아해. 사람들도 우리를 좋아하지. 근데 슬프게도 개를 키우다가 버리는 사람들이 많아. 나도 버려진 개였어. 여기저기 떠돌다가 교통사고를 당해 다리를 절게 되었고, 개장수한테 잡혀 죽을 뻔한 적도 있고, 아이들이 던진 돌에 맞아 상처가 나기도 했어. 그러다 어느 산골 마을까지 가게 되었는데, 거기서 좋은 사람들을 만난 거야. 내가 시우네 식구를 만난 건 행운이라고 생각해. 물론 개구쟁이 시우랑 선구 때문에 힘들기도 하고, 무지무지 화가 나기도 하지만 어쩌겠어? 나이 많은 내가 참고 이해해야지.

　시우랑 선구가 맨날 골려도 나는 꾹 참았어. 그런데 한번은 진

짜진짜 참을 수가 없어서, 나는 녀석들에게 복수하기로 마음먹었어. 어떻게 복수했느냐고? 혹시 물어뜯었느냐고? 킬킬, 나는 그런 유치한 방법은 쓰지 않아. 나만의 방식으로 통쾌하게 복수했지. 궁금하면 빨리 이 책을 읽어 봐.

우린 쓰는 말이 다르지만 서로 알아들을 수 있어. 난 시우랑 선구의 눈빛만 봐도 무슨 말을 하는지 안다니까. 아마 녀석들도 내 눈빛을 보면 내 마음이 어떤지 알 거야. 그래서 난 말을 많이 하지 않아. 그냥 가만히 녀석들의 말을 들어 줄 뿐이지. 그러다 보면 녀석들도 마음이 풀리는지 헤헤 웃고는 내 털을 쓰다듬지. 나는 녀석들의 볼을 한 번씩 핥아 주고.

자, 이제 우리들의 이야기를 읽으면서 멋진 상상 속으로 빠져들기를 바라. 그곳에서 나를 만날 수 있을 거야.

자꾸만 누군가와 수다를 떨고 싶은
똥개 길똥이가

차례

내 이름은 이시우.
시골 마을로 이사 오면서
심심할까 봐 걱정했는데, 길똥이
골리는 재미에 시간 가는 줄 모르겠어.
길똥아, 내 초강력
발 고린내를 받아라!

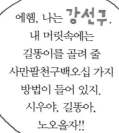

에헴, 나는 **강선구**.
내 머릿속에는
길뚱이를 골려 줄
사만팔천구백오십 가지
방법이 들어 있지.
시우야, 길뚱아,
노오올자!!

바로 내가 **길뚱이**야.
녀석들은 내가 못생기고
똥만 밝힌다고 "길뚱아!"
부르면서 무시하지만,
사실 내가 녀석들보다
나이 많은
'형'이라고!

시우가 길뚱이 골려 주기

시우가 나가자 마당에서 길뚱이가 폴딱폴딱
뛰어오른다. 쩔룩거리는 왼쪽 뒷다리 때문에 몸이
우스꽝스럽게 비틀거리지만 절대 넘어지지는
않는다. 시우는 눈살을 찌푸린다.
　"개 높이뛰기 대회에 나가면 금메달은
문제없겠네."
　그렇게 칭찬을 아끼지 않던 동네 사람들 생각이

나자 더욱 골이 나서 시우는 "못생긴 똥개 주제에!"
하고 발길질을 해 댔다. 그 서슬에 놀란 길똥이가
주춤 물러섰다가 다시 꼬리를 치면서 달려든다.
시우는 못 본 척하면서 걷다가 갑자기 몸을 홱
돌려 "저리 꺼지라니깐!" 하고 아까보다
더 빠르게 발길질했다.

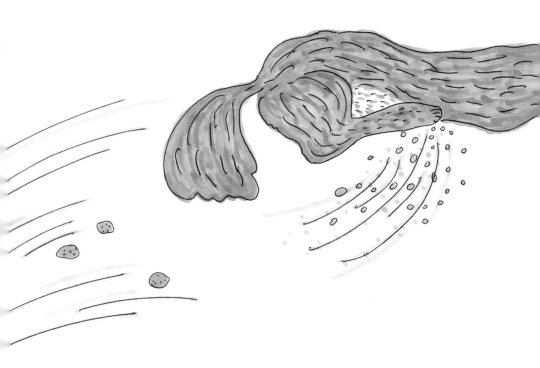

길똥이는 맞지 않았으면서도 "깨갱, 깨갱!" 비명을
지르며 달아났다.
　"인석아, 왜 그렇게 길똥이를 미워하니? 그러다
길똥이 잡겠다."
　엄마 아빠가 보았다면 이렇게 타박할 정도로
과장된 몸짓이었다.

시우는 속으로, 다시 한 번 달려들면 진짜 혼내
주겠다고 중얼거리며 걷다가 슬쩍 뒤돌아보았다.
길똥이가 따라오면서 꼬리를 흔들고 있었다.
하지만 시우 발이 닿지 않을 정도로 일정한 거리를
두었다.
"어럽쇼, 저놈 봐라!"
이럴 때 보면 길똥이 머리도 보통이 아니다.

시우는 저 누런 똥개가 싫다. 지난해 서울을 떠나
온통 새소리뿐인 이 골짜기 전원주택으로 이사할
때만 해도 엄마 아빠는 분명히 이렇게 약속했다.
"그래, 네 맘대로 해라. 네가 키우고 싶은 개
맘대로 키워라."
시우는 어떤 종을 키울까 하고 인터넷을 뒤져
예쁜 개를 점찍어 놨는데, 어느 일요일 아침 아빠가
불렀다.

"시우야, 어서 나와 봐라!"

시우가 나가 보니 마당에 저 똥개가 있었다.
이사 온 지 정확히 일주일 만에 시우의 꿈이
산산조각 난 셈이다.

엄마 아빠는 저 똥개를 한식구라고 꼬박꼬박
챙겼다.

"자, 새로운 식구가 왔으니까 환영식을 해 줘야지."

언제 샀는지 엄마 아빠는 작은 떡 케이크까지
마련해서 촛불을 켜고는 말했다.

"시우야, 네가 대신 불을 꺼라."

그렇게 똥개 대역까지 해야 했을 땐 하도
어처구니가 없어서 웃음도 나오지 않았다.

엄마 아빠는 떡 케이크를 잘라 똥개한테 주었다.

"자, 이제 우리랑 잘 살아 보자."

"너도 이 집이 맘에 들 거야."

그러고는 똥개를 쓰다듬어 주었다.

시우는 똥개 근처에도 가기 싫었다.

이사하고 다음다음 날, 아랫집 할아버지가 버려진
개가 있는데 키우겠느냐고 묻자 아빠가 대뜸
그러겠다고 했다. 그때까지만 해도 시우는 저렇게
못생기고 더러운 똥개인 줄은 몰랐다. 아랫집
할아버지는 그 개가 용맹한 풍산개라고 했고, 엄마도
시골에서는 토종개를 키워야 한다고 맞장구쳤지만,
시우는 너무너무 실망했다.

저런 못생긴 똥개를 소개한 아랫집 할아버지도 이해할 수 없었다. 왜냐하면 그 할아버지네 집에서는 '골든레트리버'라는 품종 좋은 개를 키우고 있었기 때문이다.

"아빠, 왜 우리만 저런 똥개를 키워요? 동네에서 똥개를 키우는 집은 우리 집뿐이잖아요? 아랫집 할아버지네는 '골든레트리버'이고, 윗집 할머니네도 '버니즈마운틴도그'라는 족보 있는 개래요. 선구네도 '시베리안허스키'고……."

"시우야, 저번에도 말했지만 이런 시골에는 우리나라 토종개가 가장 어울려. 그동안

떠돌이 생활을 하다 보니 말라서 그렇지, 우리 개도
살만 찌면 그런 외국산 개들 못지않게 근사해질 거야.
풍산개라잖아! 풍산개는 예로부터 호랑이를 잡을
정도로 용감한 개야. 그러니까 이름은 우리 시우가
붙여 줄까?"

"싫어요. 그냥 똥개라고 부를 거예요."

아빠가 데려온 개는 털이 똥색이었고, 귀는 반쯤
서다 말아서 우스꽝스러웠으며, 눈은 단춧구멍만
했고, 주둥이도 튀어나오다 말았고, 꼬리는 반쯤
잘려 나갔으며, 왼쪽 뒷다리를 절었다. 어느
한구석도 맘에 들지 않았다. 게다가 똥만 보면
뒹굴어 대서 온몸에 똥을 뒤집어썼는데, 그때마다
구역질이 나왔다.

"우웩, 우에에웩! 똥으로 목욕을 하다니!"

시우는 그 똥개가 길가에 있는 똥만 보면
뒹구니까 무심코 "그래, 너는 길똥이야!" 하고
비웃었다. 그런데 아빠는 그 이름을 맘에 들어 했다.

"그거 좋다. 길똥이. 길똥아, 너도 좋지?"

그렇게 해서 얼렁뚱땅 길똥이라는 이름이
붙여졌다.

어쨌든 시우는 그 똥개가 싫다. 그런데도 꼬리 치며 자기를 반기는 길똥이를 보면 더더욱 화가 나면서 그놈을 골려 주고 싶었다.

어제는 개 사료가 담긴 개 밥그릇을 길똥이 주둥이가 닿을락 말락 하게 놓고는 "어디 먹어 봐라." 하며 시실시실 약을 올렸다.

길똥이는 숨을 할딱거리면서 목줄이 끊어지도록
힘을 썼지만 밥그릇에 주둥이가 닿지 않았다.
길똥이는 헉헉거리면서 시우한테 사정했다.
　"나 배고파. 제발 좀 발로 밀어 줘."
　시우는 키득키득 웃으면서 휘파람만 불었다.
　"이 바보야, 머리를 써."
　길똥이는 혀를 내밀어도 보고, 앞발을 뻗어도

보고, 뒤로 물러났다가 힘껏 달려 나가기도 하고, 폴딱폴딱 뛰어도 보고 별짓을 다했지만 사료를 먹을 수 없었다. 길똥이는 시우 부모님을 불러내려고 짖어 봤으나 그날따라 어른들은 나오지 않았다.

길똥이는 두 시간 동안이나 몸부림치다가 간신히 뒷다리로 개 밥그릇을 끌고 왔다.

"흥, 내가 못 먹을 줄 알고!"

길똥이는 일부러 시우한테 큰소리치면서
사료를 우적우적 씹어 먹었다.

"똥개가 제법이군."

시우는 오늘은 어떻게 길똥이를 골려 줄까
궁리하다가 "옳지." 하며 저도 모르게 씩 웃었다.
뒤따라오던 길똥이가 멈칫했다.

시우는 길똥이를 보고
누런 이가
드러나도록
웃더니 다정하게
손짓했다.

"길똥아, 이리 와."

길똥이는 다시
멈칫했다가 꼬리
치면서 다가왔다.

시우는 길똥이가 달아나지 못하도록 목줄을
한 손으로 잡고, 한 손으로 양말을 벗더니 발을
쭉 뻗어 길똥이 코앞으로 내밀었다.
"맛 좀 봐라, 내 초강력 발 고린내다!"
시우의 발 고린내는 엄마 아빠도 고개를 저을
정도로 강력했다.

"누굴 닮아서 발 고린내가 이렇게 독하지? 당신
아냐?"

"으악, 기절하겠다! 당신 닮아서 그런 거야!"

가끔씩 엄마 아빠는 이렇게 말씨름을 하곤 했다.

"어때, 숨도 못 쉬겠지?"

시우의 발 고린내 때문인지 아니면 뭔가
콧속으로 들어갔는지 길똥이는 재채기를 해 댔고,
그걸 본 시우는 다른 쪽 발까지 내밀면서 키득키득
웃었다.

선구가
길뚱이 골려 주기

시우네 집 아래 아래 아래 아래 아랫집에 사는
선구는 별명이 영감이다. 느릿느릿 팔자걸음에다
항상 뒷짐을 지고 다녀서 어른들이 붙여 준
별명이다.

선구도 그 별명이 좋은지 친구들이 "야, 영감아!"
하고 불러도 싫은 눈치가 아니다. 친구들이 그렇게
부르면 오히려 "에헴, 에헴!" 헛기침까지 하면서

영감 흉내를 낸다.

오늘도 선구는 뒷짐을 지고 어기적어기적
비탈길을 올라오다가 길뜽이를 약 올리는 시우의
목소리를 들었다.

"에헴, 오늘은 내가 특별한 걸 보여 주겠다."

선구는 제자리에서 뱅글뱅글 돌며 잠시 생각에
잠기더니 "옳지!" 하고 앞니 빠진 이를 드러내
웃으면서 산으로 방향을 틀었다. 산허리에 앉아서
반장 선거를 하던 물까치들이 부랴부랴 사방으로
흩어졌다.

"챠르륵, 조심해라, 저놈은 돌팔매질 선수다.
반장은 내일 뽑기로 하고 해산!"

"언제 한번 저놈을 혼내 줘야 할 텐데."

"야, 그런 소리 말고 어서 달아나기나 해!"

선구는 이 동네에 사는 아이들 중에서 돌팔매질을
가장 잘한다. 근처에 사는 길고양이, 산토끼, 청설모,

떠돌이 개는 물론 온갖 종류의 새와 뱀 같은 동물
들에게 가장 싫은 사람을 한 명만 대라고 한다면,
하늘이 터지도록 이렇게 소리칠 것이다.

"강선구 놈!"

아, 나무들도 선구를 싫어한다. 선구의 돌 세례를
받아서 껍질이 홀랑 벗겨진 나무가 한둘이 아니기
때문이다.

선구는 길똥이를 떠올리면서 다시 씩 웃었다.
그 못생긴 똥개 놈이 요즘 인기가 좋아서 배가 아픈
참이었다.

어제도 마을 어른들은 선구네 시베리안허스키
태풍이 앞에서 한껏 길똥이를 칭찬했다.

"역시 풍산개라서 다르더구먼. 더구나 길똥이는
묶여 있었는데도 전혀 겁먹지 않고 멧돼지를
상대하는 걸 보고 진짜 놀랐네. 멧돼지도 영리하다고
들었는데, 길똥이가 한 수 위였어."

어른들 말을 들은 태풍이는 못마땅한 표정을
지었다.

"뭐 별것도 아닌 걸 가지고 그래. 나는 그까짓
멧돼지 놈들은 두 마리, 아니 서너 마리가 한꺼번에
덤벼도 해치울 수 있다는 말씀!"

옆에 있는 선구도 태풍이 등을 쓸어 주면서
못마땅한 표정을 지었다.

"뭐 별일도 아닌 걸 가지고 똥개 놈을 칭찬하고
난리야. 우리 태풍이가 있었다면 그 멧돼지 놈은
살아서 도망가지도 못했을 텐데……."

사흘 전이었다. 안개가 산과 집 들을 꼴깍 삼켜
버렸다. 겁먹은 해는 어디로 도망쳐 버렸는지
코빼기도 보이지 않았다. 일요일이라 사람들은
집 안에서 꼼짝하지 않았다.

며칠 전부터 멧돼지가 마을에 나타나기 시작했다.

시우네 아랫집에 사는
할아버지가 마을 사람들에게
전화를 해 경고했다.
"밤에 멧돼지가 자주

나타나고 있으니, 가급적이면
돌아다니지 마세요. 그리고
음식물 쓰레기를 밖에다 버리지
마십시오. 멧돼지가 음식물

냄새를 맡고 옵니다."

그러자 선구 아빠는 이렇게 농담을 하면서도
긴장했다.

"이거 호랑이가 담배 피우던 옛날도 아니고, 요즘
세상에 멧돼지가 나온다고 밤에 마실을 나가지
말라니, 서울 사람들한테 말하면 다 웃겠구면."

하지만 한낮에 멧돼지가 나타나리라곤 아무도
상상하지 못했다.

그날 선구는 시우네 마당으로 들어서다가 목이
터지도록 짖어 대는 길똥이를 보았다.

"저놈이 왜 저러지?"

선구는 두리번거리다가 현관문을 빼꼼 열고 나오는
시우를 보았다.

"선구야, 어서 와. 뛰어와!"

집 안에 들어가 보니까 시우 아빠도 있었다. 선구가
무슨 일이냐고 시우한테 눈으로 물었다.

시우가 귀엣말을 했다.

"윗집에 멧돼지가 나타났어!"

시우네 윗집에는 아흔이 넘은 할머니가 혼자 살고 있다. 할머니 아들인 박 사장님은 주말에만 여기에 내려온다.

시우랑 선구는 2층으로 올라갔다.

"할머니네 마당…… 저기 있다!"

"허걱, 진짜 크다아!"

송아지만 한 멧돼지가 마당에서 뭔가를 파먹고 있었고, 그 집 개는 어디로 도망쳐 버렸는지 그림자도 보이지 않았다.

"지금 할머니가 119에 신고하셨대. 멧돼지가 김칫독까지 깨뜨렸대."

"이야, 짱이다!"

"아랫집 할아버지네 개를 풀어 놓는다고 했는데……."

　과연 얼마 있으니까 아랫집
할아버지네 골든레트리버가
으르렁거리며 오더니, 맹렬하게
짖어 댔다.
　"이 녀석, 까불면 죽는다!"
　하지만 멧돼지가 무시무시한
송곳니를 몇 번 흔들어 대자, 꼬리를
내리고 달아나 버렸다.

그런데도 길똥이는 쉬지 않고 짖어 댔다. 화난 멧돼지가 길똥이를 노려보았다.

"저 녀석, 손 좀 봐 줘야겠군."

안개가 조금씩 걷히고 있어서 멧돼지가 더욱 또렷하게 보였다.

"야, 너네 길똥이 큰일 났다!"

"어어어, 길똥아, 도망쳐!"

안타깝게도 길똥이는 목줄에 묶여 있었다. 시우 아빠가 나가서 길똥이를 풀어 주려다가 멧돼지가 다가오는 바람에 집 안으로 도망칠 수밖에 없었다.

모두 다 길똥이는 끝장이라고 생각했다.

하도 못생겨서 그동안 미워하고 늘 약을 올렸으나, 막상 길똥이가 위험에 처하자 시우와 선구는 불쌍해서 볼 수가 없었다.

멧돼지가 길똥이 쪽으로 천천히 걸어갔다. 그래도 길똥이는 겁먹지 않고 더욱 크게 짖어 댔다.

멧돼지는 더 이상 봐주지 않겠다고 큰소리를
치고는 곧장 앞으로 달려들었다. 길똥이는 슬쩍
피하면서 멧돼지의 얼굴을 앞발로 내리쳤다.
　멧돼지는 이제 화가 날 대로 난 상태였다.
　"저놈이 감히…… 으으으, 당장 끝장을 내
주겠다!"
　길똥이는 마당 끝에 있는 보리수나무 아래에
묶여 있었다. 그 뒤쪽은 계곡이었다. 길똥이는
계곡을 등지고 맞섰다.

"덤벼라, 이 돼지 놈아!"

멧돼지는 길뚱이를 향해 엄청난 속도로
달려갔다. 그 순간 길뚱이가 공중으로 솟구쳤다.

"으아악, 속았다!"

멧돼지의 비명이 메아리가 되어
계곡에 울려 퍼졌다.

멧돼지는 그대로 계곡에 떨어졌다. 다행히
죽지는 않았으나 쩔뚝쩔뚝 열 걸음 가고 한 번은
쉬어야 할 정도로 큰 상처를 입었다. 멧돼지는
계곡 너머로 사라졌다.

아랫집 할아버지네 집에서도 여러 사람들이
그 장면을 보고 길뚱이가 보통 개가 아니라고
입을 모았다.

그때부터 길뚱이는 사람들 사이에서 영웅이
되었지만 선구는 못마땅했다.

선구는 숲 바닥을 내려다보고 가면서 뭔가를
주워 호주머니에다 넣었다. 이내 호주머니의 배가
불룩해졌다. 그제야 선구는 앞니 빠진 이를
드러내며 통통하게 젖살 오른 볼에 웃음을
떠올리고는 산을 빠르게 내려갔다.

오늘도 시우는 돼지
뼈다귀에다 끈을 묶어서
던졌다.
"길똥아, 물어라, 식!"
시우는 길똥이가
뼈다귀를 쫓아 뛰어가면
재빠르게 끈을 잡아당겼다.
길똥이는 숨을
헐떡거리면서 뼈다귀를
낚아채려고 했으나 어림도 없었다.
길똥이는 힘없이 혀를 늘어뜨렸다.
"또 당했구나."
길똥이는 돌아섰다가도 시우가
더 큰 목소리로 "길똥아, 물어라,
식!" 하고 소리치면 속을 줄

알면서도 또 뛰어갔다.

시우는 길똥이가 멧돼지를 물리친 뒤로 잘해
줘야겠다고 늘 생각은 했지만, 막상 길똥이만 보면
저도 모르게 얼굴을 찌푸렸다.

"에이, 너무 못생겼어."

윗집 할머니네 개나 아랫집 할아버지네 개를
보면, 용감하지 않아도 좋으니까 저렇게 털이
깨끗하고 잘생긴 개를 키우면 좋겠다는 생각이
들었다.

이상하게도 길똥이는 날이 갈수록 야위고 볼품이
없었다. 그러니 아무리 정을 주려고 해도 정이 가지
않았다. 다리는 더욱 절고, 꼬리털은 반쯤 빠져서
나지도 않고, 털은 너무 더러워서 만질 수가 없고,
멧돼지와 싸우다가 생긴 상처인지는 몰라도 왼쪽
귀까지 반쯤 찢어져 있고, 자세히 보니 왼쪽
송곳니도 하나 빠져 있고, 풀어 놓기만 하면

온몸에다 똥칠을 하고 왔다. 그러니 어떻게
예뻐한단 말인가?

그런데도 길똥이는 시우만 보면 유독 반갑게
꼬리를 치면서 달려들었고, 시우는 그런 길똥이가
괜히 더 미웠다. 그래서 틈만 나면 길똥이를 골려
주었다.

멀리서 그 모습을 보고 있던 선구가 휘파람을
불었다. 길똥이와 시우가 거의 동시에
돌아보았으나, 둘의 눈빛은 달랐다. 시우는 반가운
눈빛을 지었고, 길똥이는 겁먹은 눈빛으로
뒷걸음질 쳤다.

길똥이가 선구한테 한두 번 당한 게 아니다.
선구가 던진 돌에도 몇 번이나 맞았다. 길똥이는
겁을 먹고 자기 집으로 들어가 버렸다.

시우는 손에 든 뼈다귀 낚시를 얼른 등 뒤에

감추고 싶었다. 뼈다귀 낚시를 가르쳐 준 것은 선구였고, 벌써 사흘째 되풀이하고 있었기 때문이다. 시우의 머릿속에는 더는 길똥이를 골려 줄 방법이 떠오르지 않았고, 뼈다귀 낚시만이 질리지 않아서 계속하고 있었지만, 막상 선구를 보자 창피했다.

"야, 뼈다귀 낚시는 그만해라. 그걸 지금까지 하고 있는 너나 계속 당하고 있는 길똥이나 똑같은 놈들이다."

선구가 돌멩이 하나를 발로 차면서 말하자, 시우 얼굴이 확 달아올랐다.

"나도 그만두려던 참이었어."

시우는 뼈다귀가 묶인 끈을 뱅글뱅글 돌리다가 놓아 버렸다. 며칠 전 감자탕 가게에서 가져온 돼지 뼈다귀는 긴 꼬리를 달고서 날아가다가 풀밭으로 떨어졌다. 시우는 선구를 곁눈질하면서 뼈다귀가 떨어진 곳을 눈여겨보았다.

"시우야, 오늘은 내가 저 길똥이 놈을 통쾌하게,
진짜 통쾌하게 골려 주겠다."

선구가 왼쪽 볼에 힘을 주어 찡그리면서 시우랑
길똥이를 번갈아 보았다. 길똥이는 선구와 눈을
마주치지 않으려고 개집 안으로 쏙 들어가 버렸다.

"뭔데? 무슨 좋은 수가 있어? 하지만 어제처럼
뜨거운 무나 고구마를 던져 주는 건 안 돼.
아빠한테 엄청 혼났어. 개한테 뜨거운 걸 주면
안 된대. 혓바닥이나 입천장이 델 수도 있고,
이빨이 빠져 버릴 수도 있대."

"나는 똑같은 걸 두 번 써먹지 않아."

선구는 자신만만했다.

시우는 늘 잔꾀가 많은 선구를 부러운 눈길로
바라다보았다.

"시우야, 개 사료 좀 가져와."

"뭘 하려고?"

"보면 알지."

시우가 개 밥그릇에다 사료를 담아 왔다.
동글동글한 개 사료는 선구나 시우가 보기에도
먹음직스러웠다. 바둑알처럼 생겼지만 그보다는
작고 단단해 보인다.

선구가 길똥이를 노려보고는 슬쩍 돌아서더니,
호주머니에서 뭔가를 끄집어냈다. 개 사료와
똑같이 생겼다. 시우는 그걸 처음 보았다.

"뭐야? 그것도 개 사료냐?"

"짜식, 산토끼 똥도 몰라?"

"허걱, 산토끼 똥!"

시우는 믿어지지 않았다. 개 사료와 너무나도
똑같이 생긴 데다가 선구의 호주머니에서 나오는
걸 보니 거짓말 같다. 진짜 산토끼 똥이라면
호주머니에 담아서 다닐 리가 없다. 무슨 똥이든

똥은 더럽고 냄새가 나는 게 당연하다고 시우는
중얼거렸다.

선구가 진짜라고 침을 튀기며 말하자 시우가
물었다.

"근데 냄새 안 나?"

선구가 산토끼 똥 하나를 시우에게 내밀었다.

"안 나. 산토끼 똥은 냄새 안 나. 맡아 봐."

시우는 망설이다가 코를 대고 킁킁거렸다.
똥 냄새는 안 나고 나무 냄새가 나는 것 같다.
신기하다. 냄새나지 않는 똥이 있다니.

선구는 개 사료 몇 개를 부스러뜨려 산토끼
똥에다 뿌린 다음 골고루 섞었다. 시우는 개 사료와
산토끼 똥을 구별할 수 없었다.

"자, 이걸 길똥이 놈한테 주고 와. 제아무리
개코라도 사료와 토끼 똥을 구별해서 먹기가 쉽지
않을 것이다, 이놈."

시우가 생각해도 그럴듯했다. 시우는 감탄하는,
아니 존경하는 눈빛으로 선구를 보다가 벌떡
일어나서 개 밥그릇을 들고 갔다.

길똥이는 바로 눈앞에 개 밥그릇을 두고도
망설였다.
'저놈들이 이번에는 무슨 꿍꿍이속으로?'
그런 생각도 잠시였다. 개 사료를 보는 순간부터
길똥이는 군침이 돌았고, 저도 모르게 개집 밖으로
나와서 한입에 개 사료를 물었다. 몇 개는 씹었고,
몇 개는 그냥 삼켰다. 이상했다. 씹히는 느낌이
이상하더니, 길똥이는 재채기를 하면서 사료를
뱉어 내기 시작했다.
"캑, 캑, 캐액, 또 속았다!"
그 모습을 보며 선구는 땅바닥을 치면서 웃었고,
시우는 머리를 뒤로 젖힌 채 웃어 댔다.

햇살이 두 아이의 얼굴로
"이노옴들!" 하고 쏟아져
내렸다.

똥개의 복수

멀리서 시우의 노랫소리가 들린다. 개집 앞에서
해바라기하고 있던 길똥이는 벌떡 일어나서
"시우야, 시우야!" 하며 꼬리를 치다가 선구의
목소리까지 들리자 저도 모르게 긴장했다.
　"아니, 선구 놈이 왜 오지?"
　나란히 가방을 메고 오는 두 아이는 길똥이를
보자마자 히죽거렸다. 둘은 과자를 먹고 있었다.

길똥이는 우물거리는 아이들 입을 보자 군침이
돌았다.

시우가 과자 하나를 던져 주었다.

길똥이는 재빨리 뛰어가 풀에 박힌 과자를 냄새로
찾아내 아삭아삭 씹어 먹었다. 맛있다! 길똥이가 더
달라는 뜻으로 꼬리를 흔들자 선구가 뭔가를 멀리
던졌다.

"길똥아, 이거 먹어라!"

길똥이는 절룩거리면서도 빠르게 뛰어갔다.
떨어지는 곳을 보았기 때문에 냄새를 맡지 않고도
찾아 물 수 있었다. 길똥이는 선구가 던진 것을
물었다가 얼른 떨궜다.

"또 속았다. 돌멩이다!"

"저런 바보!"

선구는 히죽히죽 웃어 대다가 시우한테 속삭였다.

"아무리 봐도 정이 안 가. 시우 너 마음을 알겠다.

우리 태풍이가 암캐라면 좋을 텐데……. 태풍이는
멋있잖아? 시베리안허스키 멋있지? 귀도 쫑긋 서고,
눈도 크고, 주둥이도 잘생기고, 머리도 좋고, 덩치도
크고…….”

시우는 부러운 눈길로 선구를 보다가 집으로
들어갔다.

선구도 따라서 들어갔다.

한참 만에 두 아이가 나왔다. 아직 과자를 먹고
있었다.

아이들만큼이나 과자를 좋아하는 길뚱이는
주둥이를 헤벌리고 침을 흘렸다.

시우가 길뚱이 목에 묶여 있는 목줄을 풀어
주었다. 길뚱이는 진짜진짜 신이 나서 마당을
열 바퀴나 뱅글뱅글 돈 다음 아이들을 따라갔다.

아이들은 골짜기에 난 오솔길을 따라서
올라갔다. 계곡물 흐르는 소리에 귀가 맑아진다.

선구가 계곡 깊은 곳을 내려다보다가 과자를 물에
던졌다.

"길똥아, 과자 여기 있다!"

길똥이는 물에 들어가려다가 멈칫했다.

원래 개는 헤엄을 잘 친다지만 길똥이는 한 번도
물에 들어가 본 적이 없다.

선구는 길똥이가 물로 뛰어들지 않자
실망하는 눈빛이었다.

선구가 시우한테 귀엣말로 소곤거렸다. 시우가
길똥이를 물이 깊은 위쪽 계곡으로 불렀다. 높이가
1미터도 넘어 보였다. 선구는 살금살금 길똥이 뒤로
가서는 발로 툭 밀어 버렸다.

길똥이가 비명을 지르며 아래로 떨어졌다.

"으악, 길똥이 살려!"

길똥이는 풍덩 물에 빠져 버렸다.

막상 길똥이가 물에 빠지자 시우는 걱정스러웠지만,
헤엄을 쳐서 물 밖으로 나오는 길똥이를 보고는
"휴우!" 하고 안도의 한숨을 내쉬었다.

앙상한 뼈가 드러난 길똥이는 더욱 못생겨
보였다. 길똥이는 물에서 나오자마자
후드득후드득 몸을 털고, 추운지
부르르부르르 몸을 떨었다.

시우가 길똥이에게 과자를 주었다.
선구도 미안했는지 과자를

두 개나 주었다.
길똥이는 그걸 먹자 힘이 났다.

그리고 금세 물에 빠졌다는 걸
잊어버렸다.
 아이들은 나무에도 올라가고,
다래덩굴을 타고 타잔 놀이도 했다.
 길똥이는 오랜만에 마음껏

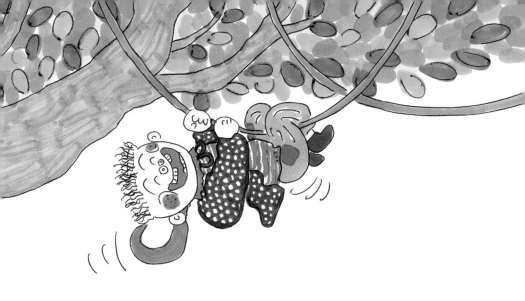

뛰어다녔다. 놀란 산토끼가 달아나면 쫓아갔지만
이내 포기하고 돌아왔으며, 땅속으로 뚫린
쥐구멍에다 코를 박고 쥐 냄새를 맡으며 땅을
파기도 했다. 그러다가 구수한 냄새를 맡았다.

길뚱이가 가장 좋아하는 똥 냄새였다.

　길뚱이는 바람이 전해 주는 똥 냄새를 따라갔다.

"야, 저리 안 가. 꺼져!"

　큰 바위 뒤에 선구가 앉아 있었다. 길뚱이는
포기하려고 했지만 똥 냄새가 자꾸만 유혹했다.
길뚱이는 선구 주위를 뱅글뱅글 맴돌았다.

"시우야, 길똥이 좀 불러. 내 똥 냄새 맡았나 봐."

선구 말을 들은 시우가 길똥이를 불렀다.

길똥이는 시우한테 가다가도 똥 냄새 때문에
다시 돌아섰다. 길똥이가 선구 엉덩이 뒤로 가서
혓바닥을 내밀자, 선구가 몸을 확 돌리면서
막대기로 길똥이 등을 내리쳤다.

"똥개야, 꺼져!"

길똥이는 떼굴떼굴 구르면서 비명을 질러 댔다.

"아이고, 길똥이 살려, 저놈들이 나를 죽이네, 아이고오!"

길똥이 목소리가 어찌나 컸던지 숲에 있는 나무들이 놀라서 몸을 흔들었으며, 낮잠 자던 온갖 동물들이 다 놀라서 눈을 떴을 정도였다.

그러거나 말거나 길똥이는 고래고래 소리 지르면서 골짜기 위쪽으로 달아났다. 너무너무 아팠다. 괜히 화가 나고 억울했다. 떠돌이 개로 살다가 이 사람 저 사람한테 얻어맞아서 다리도 절고 꼬리도 잘리고 온몸은 흉터투성이였다. 운 좋게 시우네 식구가 되어서 새로운 마음으로 살려고 했지만 저놈들이 늘 못살게 군다. 길똥이는 이대로 당하고만 살 수 없다고 생각했다. 몸을 움직일 때마다 막대기에 맞은 등이 아팠고, 뼈까지 시렸다.

길똥이가 골짜기로 달아나자 시우가 소리쳐

불렀다.

"길똥아! 길똥아!"

길똥이는 저도 모르게 꼬리 치면서 달려가고 싶은 걸 간신히 참아 냈다.

"길똥아, 과자 먹어라!"

과자라는 말을 듣자 미치도록 뛰어가고 싶었지만, 이번에도 간신히, 간신히 참아 냈다.

"길똥아! 길똥아!"

"과자 줄게! 어서 과자 먹어라!"

아이들 목소리만이 메아리 되어 골짜기에 가득 찼다.

어디선가 또 냄새가 났다. 희미하기는 해도 똥 냄새였다. 길똥이는 코를 내밀고 가다가 나뭇잎에 가려져 있는 똥을 찾아냈다. 사나흘 정도 지난 묵은 똥이었다. 길똥이는 똥 위로 뒹굴고 싶은 충동을

가까스로 참아 낸 다음 혓바닥을 내밀고 헤헤헤
웃었다.

"옳지, 이놈들, 맛 좀 봐라."

길똥이는 시우가 혓바닥으로 아이스크림을
할짝할짝 핥아 먹던 모습을 떠올리면서 똥을
맛있게 핥아 먹었다.

아래쪽에서 아이들 목소리가 들렸다.

"길똥이 못 찾으면 나 혼나. 선구 너, 너무했어."

"야, 그럼 내 똥구멍에 혓바닥을 내미는데…….
멀리 안 갔을 거야. 걱정 마. 길똥아, 길똥아! 과자
줄게 나와라!"

"그렇다고 개를 막대기로 때리냐? 절대 때리면
안 돼. 그거 버릇된대."

길똥이는 끄윽 트림까지 하면서 똥을 먹었다.

잠시 후 아이들이 오자 길똥이는 겁먹은
표정으로 엄살을 부렸다.

"아이고, 아파. 아이고, 아이고!"

시우가 먼저 와서 길똥이 등을 어루만졌고,

선구도 뛰어와서 길똥이 등을 쓰다듬었다.

길똥이는 슬그머니 고개를 돌리면서 아직도 똥이

묻어 있는 혓바닥으로 선구의 손을 핥았다.

"길똥아, 미안해. 다시는 안 그럴게. 자, 과자 먹어."

길똥이는 선구가 과자를 내밀어도 얼른 받아먹지

않고, 이번에는 더 높이
고개를 들어서 선구의
볼을 핥았다.

선구는 똥이 묻은
혓바닥으로 핥아 준 줄도
모르고 몸을 비비 틀었다.

"아이, 간지러워."

이번에 길뚱이는 시우의
손과 볼, 콧등까지 싹싹 핥아
주었다.
시우랑 선구는 그것도 모르고
길뚱이가 핥은 손으로 과자를 맛있게 먹었다.
길뚱이는 개들만이 아는 목소리로 골짜기에
메아리가 가득 차도록
아이들을 놀렸다.

바보들!
똥 묻은 혓바닥으로
핥았는데, 그것도 모르는
바보들!